길이 아니면 가지 말라

불일암 사계

길이 아니면
가지 말라

법정 글 | 최순희 사진 | 맑고 향기롭게 엮음

책읽는섬

그녀는 한국전쟁 당시 지리산 남부군 문화지도원으로 활동하던 중 1952년 초에 국군에 생포되었다. 자신만 살아남았다는 죄책감과 북에 두고 온 아들 때문에 평생을 고통스러운 시간 속에 갇혀 있어야 했다. 법정 스님의 책을 읽고 인연을 맺으면서 그녀는 비로소 평안을 되찾았다.

이 책은 그녀가 법정 스님의 거처였던 불일암을 오르내리며 허드렛일을 하는 틈틈이 사진기에 담았던 그곳의 봄여름가을겨울과 법정 스님의 글을 함께 엮은 것이다. 그녀의 낡은 사진 속 오래된 풍경에서는 법정 스님이 보이지 않는다. 아마도 그녀는 법정 스님을 사진기에 담는 것을 큰 실례로 여겼나 보다. 하지만 그곳의 꽃과 나무와 암자와 산과 눈과 햇빛까지도 모두 스님의 손길과 눈길이 머물렀던 때문인지 육안이 아닌 심안 속에 스님의 모습이 떠오른다. 그것은 어쩌면 법정 스님을 향했던 그녀의 존경과 사랑이 빚어낸 마음의 형상일지도…….

이 책의 사진을 찍은 최순희 할머니는 2015년 11월 향년 91세로 타계했다.

차례

春 흙을 만지다

땅에서의 슬픔은 땅의 것으로,
땅에서의 그리움은 땅의 것으로 1/5 · 12

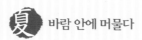 바람 안에 머물다

 햇빛 속을 거닐다

冬 눈을 밟다

흙을 만지다

○ 1981년 늦봄이었다. 오월 혹은 유월, 천지사방 찔레꽃이 흐드러지게 피었던 기억이 선명하다. 불일암 가는 길에도 녹음이 짙푸르렀다. 초행이었고 불자는 더더구나 아니었다. 그저 법정 스님의 책을 한 권 읽었을 뿐이었다. 열일곱의 나는 바야흐로 인생의 봄을 맞고 있어야 했을 테지만, 사상범인 아버지는 십수 년의 감옥살이를 마친 뒤 막 출감한 참이었고, 집은 찢어지게 가난했으며, 경찰이 집이며 학교로 뻔질나게 드나들었다. 꿈 꿀 미래가 나에게는 존재하지 않는 듯했다. 마음 가득 고인 슬픔과 좌절과 분노를 누구도 알아주지 않았다. 아니, 말할 데조차 없었다. 그 절박한 마음으로 나는 불일암에 올랐다.

최순희 선생도 자주 그 길을 걸었다. 선생 역시 처음에는 불자가 아니었다. 나와 똑같이 법정 스님의 글을 읽었고, 나보다 더한 슬픔과 절망을 무엇으로도 달랠 길이 없어, 책 한 권의 감동에 기대 불일암을 찾았던 것이다. 선생은 체포된 이래 다시는 지리산을 찾지 않겠노라 결심했다고 한다. 그 마음을 바꿔 1980년대 말부터 해마다 지리산에서 제사를 지내게 된 것은 법정 스님의 조언 덕분이었다.

교통도 불편하던 시절, 최 선생은 한 달이 멀다 하고 불일암을 찾았다. 그 무렵 법정 스님을 모셨던 덕조 스님(현 불일암 암주)에 따르면 새벽 첫차를 타고 온 최 선생은 별다른 말도 없이 잠깐 서서 인사만 하고는 암자 구석구석, 화장실 청소까지 마친 뒤 점심도 들지 않은 채 총총 돌아섰다고 한다. 그런 최 선생을 두고 법정 스님께서는 '번개처럼 왔다가 번개처럼 간다'고 표현하셨다.

차마 말이 되어 뱉어지지 못한 마음을 선생은 긴 편지로 대신했다. 아마 그것이 선생에게는 산을 내려온 뒤 누군가에게 털어놓은 최초의 고백이었을 것이다. 수십 년 꺼내지 못했던 말은 봇물처럼 터져 나왔다. 선생은 한 달이면 서너 통의 두툼한 편지를 법정 스님께 보냈다. 무소유 정신을 삶으로 실천하셨던 법정 스님께서는 편지 또한 주기적으로 소각하셨다. 해서 최 선생의 진심을 남아 있는 우리는 알 수가 없다. 법정 스님 외에는 그 누구에게도 속내를 다 털어놓지 않았기 때문이다.

정지아, 「땅에서의 슬픔은 땅의 것으로, 땅에서의 그리움은 땅의 것으로」

도배를 하고 나서

바깥세상 돌아가는 꼴이 재미없어
방 안 일에 마음 붙이려고 도배를 했다.
이 산으로 옮겨온 후 꼭 5년 만에
다시 도배를 하게 된 것이다.
일 벌이기 머리 무거워 어지간하면 그만두려고 했다.
그런데 고서古書에서 생겨난 좀이 많아
한지로 바른 벽이며 천장의 모서리를
볼품사납게 슬어놓아 할 수 없이 다시 발랐다.
창호로 스며드는 햇살이 한결 포근하다.
이따금 바람에 파초잎 서걱거리는 소리가
어느 바닷가 모래톱을 쓰다듬는 물결 소리로 들릴 때가 있다.
요즘 새벽이면 하얀 달빛이 뜰에 가득 넘친다.
텅 빈 산을 홀로 지키고 있을 때의
그 홀가분하고 넉넉한 내 속뜰의 빛이 이럴까?

『산방한담』·「가을 편지」에서

봄의 문

요즘 남쪽에는 천지간에 꽃이다.
동백과 매화와 산수유와 살구꽃과 진달래가
가는 곳마다 눈부시게 피어 있다.
눈길 가는 데마다 온통 꽃사태다.
겨울 동안 얼어붙었던 땅에
따뜻한 햇살과 부드러운 바람결과 촉촉한 물기가 내리니
굳게 닫은 나무와 꽃들의 문이 활짝 열리고 있다.

『홀로 사는 즐거움』·「천지간에 꽃이다」에서

안에서 들려오는 소리

새해에는 눈을 떴으면 좋겠다.
밖으로 밖으로만 향하던 우리들의 시선이
안으로도 방향을 바꾸었으면 좋겠다.
소음과 광란에 젖은 우리들의 귀를 안으로 돌려
인간의 가장 깊숙한 데서 울려 나오는 그 소리를
듣도록 했으면 좋겠다.

『영혼의 母音』, 「새해에는 눈을 떴으면」에서

흙, 우리, 생명

대지는 영원한 모성,
흙에서 음식물을 길러내고 그 위에다 집을 짓는다.
그 위를 직립 보행하면서 살다가 마침내는
그 흙에 누워 삭아지고 마는 것이 우리들 인생의 생태다.
흙은 우리들 생명의 젖줄일 뿐 아니라
우리에게 많은 가르침을 준다.
씨앗을 뿌리면 움이 트고 잎과 가지가 펼쳐져
거기 꽃과 열매가 맺힌다.
생명의 발아 현상을 통해 불가시적인 영역에도
눈을 뜨게 한다.

『무소유』·「인형과 인간」에서

며칠 동안 비가 내리고 안개가 숲을 가리더니 수목들에 물기가 배었
다. 겨울 동안 소식이 묘연하던 다람쥐가 엊그제부터 양지쪽 헌식돌
곁에 나와 내 공양 시간을 기다리고 있다. 지난해 늦가을 무렵까지
윤기가 흐르던 털이 겨울을 견디느라 그랬음인지 까칠해졌다. 추위
에 짙은 갈색으로 변했던 향나무가 요 며칠 사이에 싱싱한 초록빛으
로 바뀌었다. 참나무 숲에서도 가지 끝이 촉촉이 뻗어 오른다. 겨울
동안 들을 수 없던 산비둘기 소리가 다시 구우구우 울기 시작했고,
밤으로는 앞산에서 고라니 우는 소리가 골짜기에 메아리 치고 있다.
나는 한밤중의 잠에서 자주 깨어 일어난다.

이런 걸 가리켜서 사람들은 봄의 시작이라고 한다.

『서 있는 사람들』·「나무에 움이 튼다」에서

'나'라는 그릇

자기에게 주어진, 자기 그릇에 채워진
자기 몫의 삶을 살아갈 때
인간다운 삶을 이룰 수 있다.

『버리고 떠나기』·「남의 삶과 비교하지 말라」에서

사건

흙 속에 묻힌 한 줄기 나무에서
빛깔과 향기를 지닌 꽃이 피어난다는 것은
일대 사건이 아닐 수 없다.

『무소유』·「순수한 모순」에서

고독

수행하는 사람은 홀로 있을수록
넉넉한 뜰을 지닐 수 있다.
마음에 꺼리는 사람들과 함께 있기보다는
외롭더라도 홀로 있는 게
얼마나 홀가분한 일인가를 겪어본 사람이면
알 수 있을 것이다. 누가 말했던가.
홀로 있을 때의 너는 온전한 너이지만,
친구와 같이 있을 때는
절반의 너밖에 존재하지 않는다고.
또한 홀로 있을수록 함께 존재한다.
수행자는 어차피 홀로 가는 사람이니까.
고독은 보랏빛 노을이 아니라 당당한 있음이다.

『인연 이야기』 · 「어리석은 사람과 짝하지 말라」에서

향수

산에서 사는 사람들이
산에 대한 향수를 지니고 있다면,
속 모르는 남들은 웃을지 모르겠다.
하지만 산승들은 누구보다도
산으로 내닫는 진한 향수를 지닌다.
이 산에 살면서 지나온 저 산을 그리거나
말만 듣고 아직 가보지 못한
그 산을 생각한다.

『무소유』·「영원한 산」에서

물 흐르고 꽃 피는 방

언젠가 한 젊은 청년이 찾아와 뜰에 선 채 불쑥, 수류화개실水流花開
室이 어디냐고 물었다. 아마 내 글을 읽고 궁금했던 모양이다. 나도
불쑥, 네가 서 있는 바로 그 자리라고 일러주었다.
15년 전 옛터에 집을 새로 짓고 들어와 살 때였다. 삼 칸 집 네 기둥
에 달까 해서 주련柱聯을 이것저것 헤아리다가 불화가인 석정 스님의
권유로 중국 송대의 시인이며 서예가인 황산곡黃山谷의 글을 골랐다.

萬里靑天   구만리 푸른 하늘에

雲起雨來   구름 일고 비 내리네

空山無人   빈산에 사람 그림자 없이

流水花開   물 흐르고 꽃이 피더라

'수류화개실'이란 내 거처의 이름은 여기에서 유래된 것이다.

『텅빈 충만』·「수류화개실 여담」에서

산

산을 건성으로 바라보고 있으면
산은 그저 산일 뿐이다.

그러나 마음을 활짝 열고
산을 진정으로 바라보면
우리 자신도 문득 산이 된다.

내가 정신없이 분주하게 살 때에는
저만치서 산이 나를 보고 있지만

내 마음이 그윽하고 한가할 때는
내가 산을 바라본다.

『살아 있는 것은 다 행복하라』에서

하나의 물방울

한 방울 한 방울 떨어지는 낙숫물이 돌을 뚫는다.
한 개의 물방울은 보잘것없이 미미한 것.
그러나 그 방울 물이 모여서 강을 이루고 바다를 이룬다.

『버리고 떠나기』·「낙숫물이 돌을 뚫는다」에서

자기 들여다보기

우리는 누구나 할 것 없이 대개 일시적인 충동과 변덕과 기분, 그리고
타성에 젖은 습관과 둘레의 흐름에 의해 지배당하고 있다. 이런 흐름
에서 헤어나려면 밖으로 눈을 팔 게 아니라 자기 자신을 맑게 들여다
보는 새로운 습관을 길들여야 한다.

『물소리 바람소리』·「풍요로운 감옥」에서

봄여름가을겨울

이 땅에 봄여름가을겨울이 있다는 사실이
얼마나 고마운 일인가. 이 사계절 속에서
한국인의 정서와 감성과 의지가 길러졌을 것이다.
봄여름가을겨울,
그 계절 속에 살면서 그 계절의 바람결을 쏘이고,
그 계절의 향기와 공기를 숨쉬고,
그 계절의 열매를 맛보면서 살아간다.

봄에는 파랗게 움트고
여름에는 무성하게 자라고
가을에는 누렇게 익으라.
그리고 겨울에는 말문을 닫고 안으로 여물어라.
이것이 자연이 우리에게 가르치는 교훈 아니겠는가.

『홀로 사는 즐거움』·「천지간에 꽃이다」에서

소월素月의 「산유화」에서처럼 산에는 가을, 봄, 여름 없이 꽃이 피고
진다. 산자락에 진달래가 피기도 전에 돌층계 틈에 피어 있는 제비
꽃을 맨 처음 보았을 때 얼마나 기특하고 반가운지 모른다. 그리고
차디찬 의지의 날개를 달고 있는 수선화를 볼 수 있다. 진달래의 뒤
를 이어 매화가 피고 숲 속에 자생하는 산벚꽃이 여기저기서 허옇게
피어나면 산은 이 골짝 저 골짝에서 재채기를 하면서 마른 가지 끝
에 새 움을 틔운다. 그것은 차라리 수묵水墨 빛.
그 뒤를 이어 영산홍이 피고 철쭉과 모란이 흐드러지게 피고 나면,
설토화도 자기 차례를 알고 꽃가지를 드리운다. 이 무렵 숲에서는
두견새, 찌르레기, 꾀꼬리, 밀화부리, 뻐꾸기들이 찾아와 산은 한층
활기를 띤다. 꽃이 좋아 산에서 사는 새들인가.

『물소리 바람소리』·「무심히 피고 지다」에서

나무가 나에게 1

폭풍우가 휘몰아치던 날,
가지 끝에서 재잘거리던 새들은 안전한 곳을 찾아
어디론가 모두 날아가버렸다.
그런 날 사람들은 저마다 뒷문을 굳게 닫고 휘장을 내린다.
섬돌 위에 신발이 젖을까 봐 안으로 들여놓는다.
이때 나무들은 제자리에 선 채 폭풍우를 맞이한다.
더러는 가지를 찢기면서, 잎을 펼치면서
묵묵히 순응하고 있다.
의연한 그 모습에 우리는
숙연해지지 않을 수 없다.

『서 있는 사람들』·「나무 아래 서면」에서

나무가 나에게 2

그늘을 짙게 드리우고 있는
정정한 나무 아래 서면
사람이 초라해진다.
수목이 지니고 있는
그 질서와 겸허와
자연에의 순응을 보고 있노라면
문득 부끄러워진다.
사람은 나무한테서
배울 게 참으로 많은 것 같다.

『서 있는 사람들』·「나무 아래 서면」에서

묵묵히, 꽃처럼

꽃들은 무심히 피었다가 무심히 진다.
자기가 지닌 빛깔과 향기와 모양을 한껏 펼쳐 보일 뿐,
사람들처럼 서로 시새우거나 헐뜯지도 않고
과시할 줄도 모른다. 그저 말없이
자기가 할 일만을 할 뿐이다.
그러면서도 자신의 삶의 모습으로 인해
둘레에 헤아릴 수 없는 기쁨을 안겨주고 있다.

『물소리 바람소리』·「무심히 피고 지다」에서

며칠 동안 집을 비우고 밖에 나갔다가 돌아오면 부엌에 들어가는 일이 새삼스럽다. 더 솔직히 표현하자면 끓여 먹으러 주방에 들어가기가 아주 아주 머리 무겁다. 버릇이란 이처럼 무서운 것이다. 요 며칠 밖으로 나돌아 다니면서 남이 해준 밥을 얻어먹다 보니, 마땅히 손수 해야 할 일인데도 남의 일처럼 머리 무거워진 것이다.

남이 해놓은 밥을 먹을 때는 그저 고마울 뿐. 밥이 질거나 되거나 혹은 찬이 있거나 없거나, 어쩌다 돌이 한두 개 섞였다 할지라도 사람이 먹을 수 있는 음식이라면 그게 조금도 문제될 수 없다. 남이 차려준 식탁을 대할 때의 그 고마움이란, 자취를 해본 사람이라면 누구나 비슷하게 느낄 것이다. 사람이 먹는 음식을 놓고 투정을 부리는 것은 결코 복 받을 일이 못 된다. 그런 사람은 남의 수고와 은혜를 모르기 때문이다.

『산방한담』·「먹는 일이 큰일」에서

꽃이 서로를 느끼는 방법

서로의 향기로써 대화를 나누는 꽃에 비해
인간들은 말이나 숨결로써 서로의 존재를 확인한다.
꽃이 훨씬 우아한 방법으로 서로를 느낀다.
인간인 우리는 꽃에게 배울 바가 참으로 많다.

『홀로 사는 즐거움』·「봄은 가도 꽃은 남고」에서

이미 부처

마음이 곧 부처이고,
부처란 곧 마음이라고 합니다.
마음 밖에 따로 부처가 없으니
마음 밖에서 찾지 말라는 것입니다.
외부에 절대적인 존재를 가설하지 않습니다.
자기 자신이 이미 이루어진 부처이니
순간순간 부처답게 살라는 것 아닙니까?
부처란 밝은 마음이고 깨어 있는 사람이라고
하지 않았습니까.
눈을 뜬 사람이 어째서 다시 눈을 감으려 하고,
밝은 마음을 가지고 왜 어두운 짓을 하려고 하는가,
이것이 부처님과 조사들의 한결같은 가르침입니다.

『산방한담』·「정법에 귀의」에서

아침의 인사

찔레꽃이 구름처럼 피어오르고
뻐꾸기가 자지러지게 울 때면 날이 가문다.
어제 해질녘에는
채소밭에 샘물을 길어다 뿌려주었다.
자라 오른 상추와 아욱과 쑥갓을
뜯어만 먹기가 미안하다.
사람은 목이 마르면
물을 마시고 갖가지 음료수를 들이키면서,
목말라 하는 채소를 보고 모른 체할 수가 없었다.
오늘 아침에 보니 채소밭에는 생기가 감돌았다.
그 생기는 보살핌에 대한 응답이다.

『물소리 바람소리』· 「풍요로운 감옥」에서

떠날 때도 아름답게

모란은 가까이서보다는 몇 걸음 떨어져 서면
그 향기가 은은히 들린다.
장미보다는 조금 여린 수줍은 향기.
그러나 모란은 향기보다도
그 흐드러진 넉넉한 꽃 모양이 값지다.
중국인들이 꽃 중의 왕이라고 했음직하다.
그리고 무너져 내리는 산뜻한 그 낙화
꽃은 필 때도 고와야겠지만
질 때도 고와야 한다는 교훈을,
봄철마다 우리들 인생사에 비추어 되새기게 한다.

『산방한담』·「나무들 이야기」에서

바람 안에 머물다

○ 내가 최 선생을 만난 것은 1990년 무렵이었다. 그 전까지 이른바 빨치산이라 불렸던 사람들은 수
년간 생사의 고비를 함께 넘겼던 동지들과 연락할 길이 없었다. 설령 있었다 한들 만나려 하지도
않았다. 만났다가는 사상을 의심받거나 재조직 사건 같은 데 연루되어 다시 잡혀갈 수 있었다.
1987년 민주화의 봄이 지나고, 이듬해 이태 선생의 『남부군』이라는 책이 출판되어 꽤 큰 사회적
반향을 일으켰다. 얼마 뒤 이태 선생이 내 어머니를 찾아왔다. 그리고 여의도에서 아이들에게 피
아노를 가르치며 살고 있다는 최순희 선생의 소식을 전했다. 그로부터 몇 달 뒤 최 선생이 머나
먼 구례까지 한달음에 달려왔다. 남부군 소속이었던 최 선생과 내 어머니는 1952년 1월 지리산
대성골에서 헤어졌다. 근 사십 년 만의 만남이었다. 어머니보다 두 살 위였던 최 선생은 특유의
카랑카랑한 고음으로,
"폭삭 늙었구나야."
몇 번이나 안타까워하더니 오래도록 통곡했다.

나는 그 뒤로 어머니 아버지의 빨치산 동료들을 여럿 만났다. 지리산에서 일찌감치 목숨을 잃은 빨치산이야 두말 할 나위가 없고, 살아남은 빨치산들도 구구절절하기로는 둘째가라면 서러울 정도였다. 그런데도 유독 최 선생이 인상적이었던 것은 남다른 배경과 남다른 개성 때문이었다.

최 선생은 러시아 하바롭스크에서 유년기를 보냈다. 엄마 아빠라는 말보다 까페라는 말을 먼저 했다던 말이 아직도 기억난다. 그만큼 선생은 커피를 좋아했다. 예술가답게 감정의 기복이 심했던 선생은 우울해하다가도 맛있는 커피 한 잔이면 금세 기분이 좋아졌다. 선생을 생각하면 나는 머그잔 가득 내려주던 진한 커피가 가장 먼저 떠오른다. 여의도에 있는 댁을 찾을 때마다 선생은 자리에 앉지도 않고 커피부터 내렸다. 선물로도 원두가 최상이었다. 내가 독일에서 구해온 커피를 받고 선생은 아이처럼 천진하게 즐거워했다. 청력을 잃고 기억을 잃은 말년에도 선생은 병문안 간 우리에게 커피를 달라고 했다. 내게 선생은 곧 커피다. 아마 내 주변의 선생 연배 중에서 제대로 된 커피 애호가를 본 적이 없었던 탓일 게다. 1960년대까지도 내 고향에서 원두커피라는 말은 있지도 않았거니와 설탕 프림 잔뜩 넣은 커피나마 즐기는 사람이 흔치 않았다. 게다가 커피를 즐기는 빨치산이라니. 나에게는 아무래도 그 조합이 어색했던 것 같다. 그래서 선생의 삶에 관심이 생겼다.

_정지아, 「땅에서의 슬픔은 땅의 것으로, 땅에서의 그리움은 땅의 것으로」

봄은 가도 꽃은 남는다

산목숨을 소홀히 여겨 무자비하게 허물고 살해하는
이 막된 세상에서 먼저 우리가 해야 할 일은
신선한 공기를 만들어내는 나무와 꽃 앞에
무릎을 꿇을 줄 아는 것이다.
그리고 침묵 속에서 전하는
우주 생명의 신비에 귀를 기울여야 한다.
사람은 산소를 만들어내지 못한다.
식물이 없으면 동물은 살아갈 수 없다.
한 그루 나무와 꽃을 대할 때
그 신성 앞에 고마운 생각부터 지녀야 한다.

봄은 가도 꽃은 남는다.

『홀로사는 즐거움』·「봄은 가도 꽃은 남고」에서

어린왕자의 별나라

육신을 버린 후에는
훨훨 날아서 가고 싶은 곳이 있다.
어린왕자가 사는 별나라 같은 곳이다.
의자의 위치만 옮겨 놓으면
하루에도 해지는 광경을 몇 번이고 볼 수 있다는
아주 조그만 그런 별나라.
가장 중요한 것은
마음으로 봐야 한다는 것을 안 왕자는
지금쯤 장미와 사이좋게 지내고 있을까.

『무소유』·「미리 쓰는 유서」에서

한가한 하루

여름날 산그늘이 내릴 무렵 후박나무 아래
파초잎을 하나 베어다가 행건을 풀어 제치고
맨발로 그 위에 앉아 앞산을 바라보고 있으니
갑자기 신선이라도 된 기분이었다.

『오두막 편지』·「안으로 귀 기울이기」에서

약속

산길을 걸어가노라면 갈림길에서 길을 잘못 들까 하여
돌무더기나 나뭇가지로 표시해놓은 것을 볼 수 있다.
언어나 문자를 빌리지 않고도 뒤에 오는 사람들에게
바른 길을 가르쳐주고 있다.

『서 있는 사람들』·「말 없는 언약」에서

마지막 인사

빗속에 태산목 꽃이 피었다가 지곤 한다.
그저께 아침 피어난 상아빛 꽃송이가
그날 저녁 무렵에는 오므리더니
어제는 그대로 열린 채 밤을 맞이했다.
오늘 종일 비를 맞으면서 마지막 향기를 내뿜고 있다.
내일이면 빛도 바래고 향기도 사라질 것이다.
덧없는 꽃이여, 목숨이여!

『버리고 떠나기』·「장마철 이야기」에서

석류꽃

석류는 열매보다는
초여름에 피어나는
그 꽃빛깔이 좋아
곁에 두고 싶었는데
아직 뜻을 이루지 못했다.
며칠 전 목욕 삭발날 큰절에 내려갔다가,
설법전과 문수전 뜰에 핀 석류꽃을
한참 바라보고 올라왔다.

『산방한담』·「나무들 이야기」에서

요즘처럼 산업화되고 도시화되면서 인간의 영역이 말할 수 없이 닳아가는 세상에서는 아름다움에 대한 인식이 새로워져야 한다. 아름다움이란 무엇인가. 그것은 삶의 가장 은밀하고 향기롭고 신비로운 내면의 뜰 같은 것이다. 한 송이 꽃이나 한 잔의 차를 통해서도 우리는 얼마든지 삶의 의미와 기쁨을 누리면서 행복해질 수 있다. 행복이란 결코 큰 데 있지 않다. 사소하고 미미한 것들 속에 행복은 보석처럼 박혀 있다. 또한 그 아름다움이 먼 데 있는 것도 아니다. 우리 일상 속에 함께 있는데도 그걸 찾아낼 줄을, 볼 줄을 모를 뿐이다. 현대인의 정서가 날이 갈수록 삭막해지고 황량해지는 것은 단지 우리들의 외부 환경에만 그 원인이 있지 않다. 아름다움을 찾고 가꾸려는 눈과 생각이 없기 때문이다. 그 눈과 생각이 무엇엔가 혹해서 흐려 있기 때문에 바로 눈앞에 두고도 보지 못한다.

『텅 빈 충만』·「눈 속에 매화 피다」에서

꽃 한 송이의 약속

안개비가 이제는 굵은 빗줄기로 바뀌었다.
안개는 저 아래 골짜기에 머물러 있다.
이런 빗속에서도 태산목에는 꽃 한 송이가
새로 피어났다. 내 눈에는 나무에 피는 꽃 중에서
이 태산목 꽃이 가장 정결하고 기품이 있고
좋은 향기를 지닌 것 같다.
꽃 이파리 하나가 꽃술을
우산처럼 받쳐 들고 있는 걸 볼 때마다
생명의 신비 앞에 숙연해진다.
일단 피어나기로 작정한 이상
비가 오거나 바람이 불지라도 피고야 마는
꽃의 생태에서, 게으른 사람들은 배울 것이 많다.

『물소리 바람 소리』·「숲 속의 이야기」에서

맑은 시간

요즘 나는 오전 한때를 후박나무 그늘에 앉아
조촐하고 맑은 시간을 보내면서
나무의 덕을 입고 있다.
그 그늘 아래서 아무 생각 없이
무심을 익히고, 책도 읽으며,
잎 사이로 지나가는 살랑거리는 바람소리도 듣고,
은은히 숨결에 스며드는 꽃향기도 듣는다.
고개를 들면 후박나무 잎 사이로 흘러가는 구름도 보이고
그 그늘 아래서 꾀꼬리며 밀화부리, 찌르레기, 호반새 등의
맑은 목청에 귀를 모으기도 한다.
책을 읽다가 잠시 덮어두고 나무를 쳐다보기도 하고,
눈감고 좌정한 채 새 소리에 귀를 기울이고 있으면 문득
이 후박나무에 고맙다는 생각이 든다.

『텅 빈 충만』· 서문「나무 아래서 무심을 익히다」에서

답게 살고 답게 떠나라

한 사람의 가치 평가는 죽은 후
얼마나 호화롭게 장례를 지내느냐에
달려 있지 않음은 더 말할 것도 없다.
그가 생존시에 무슨 일을 하면서 어떻게 살았느냐,
또 이웃에게 어떤 영향을 미쳤느냐로써
가치를 평가할 수 있다.
수행자는 살아 있을 때도 수행자다워야 하지만
죽은 후에까지도 수행자답게 뒤처리가 되어야 할 것이다.

『산방한담』·「다경실 유촉」에서

장례식이나 제사 같은 것은 아예 소용없는 일. 요즘은 중들이 세상
사람들보다 한 술 더 떠 거창한 장례를 치르고 있는데, 그토록 번거
롭고 부질없는 검은 의식이 만약 내 이름으로 행해진다면 나를 위
로하기는커녕 몹시 화나게 할 것이다. 평소의 식탁처럼 간단명료한
것을 즐기는 성미니까. 내게 무덤이라도 있게 된다면 그 차가운 빗
돌 대신 어느 여름날 아침부터 좋아하게 된 양귀비꽃이나 해바라
기를 심어 달라 하겠지만, 무덤도 없을 테니 그런 수고는 끼치지 않
을 것이다.

생명의 기능이 나가버린 육신은 보기 흉하고 이웃에게 짐이 될 것
이므로 조금도 지체할 것 없이 없애주었으면 고맙겠다. 그것은 내가
벗어버린 헌옷이니까. 물론 옮기기 편리하고 이웃에게 방해되지 않
는 곳이라면 아무 데서나 다비茶毘. 화장해도 무방하다. 사리舍利 같은
걸 남겨 이웃을 귀찮게 하는 일을 나는 절대로 하고 싶지 않다.

『영혼의 모음』·「미리 쓰는 유서」에서

간밤에 온 손님

산으로 돌아온 후에도 나는
꽃 같은 걸 심지 않기로 했다.
창밖에 파초나 심어
여름의 햇볕을 가리리라 마음먹었다.
그런데 집터를 고를 때부터
둘레에 달맞이꽃이 듬성듬성 자생해 있었다.
그러던 것이 이제는 여름철만 되면
온 뜰에 무더기로 피어나 한꺼번에
수만 송이의 꽃을 보게 되었다.
6월 어느 날 아침 뜰에 나가니
안개가 자욱이 서려 있었다.
얼핏 보니 안개 속에 노랑나비 몇 마리가
달맞이 잎새에 붙어 있었다.
웬 노랑나빈가 싶어 자세히 들여다봤더니
간밤에 처음으로 피어난 꽃이었다.

『서 있는 사람들』·「빈 뜰」에서

저녁에 피는 꽃

달맞이꽃은 해질녘에 핀다.
저녁 예불을 마치고 뜰에 나가면
수런수런 여기저기서 꽃들이 문을 연다.
투명한 빛깔을 보고 있으면
그 얼까지도 환히 들여다보이는 것 같다.
박꽃처럼 저녁에 피는 꽃이라 그런지
애처로운 생각이 든다.
혼자서 피게 할 수 없어 여름내 나는
어둠이 내리는 뜰에서 한참씩을 서성거렸다.
그 애들이 없었더라면 여름의 내 뜰은
자못 삭막했겠다는 생각이 뒤늦게 들었다.

『서 있는 사람들』·「빈 뜰」에서

짐승과 다툴 수야 없지

며칠 동안 안 보다가 보니
배추와 무가 많이 자랐다.
아욱과 상추도 이제는 뜯어먹을 만하게 컸다.
씨앗이 나올 만하면 꿩들이 와서 헤집는 바람에
속이 상했는데, 올 가을에는 전에 없이 밤이면
산토끼들이 내려와 배추와 무를
여남은 두렁이나 뜯어먹었다.
채소를 가꾸는 것은 사실 먹는 것보다
가꾸는 재미가 더 큰데,
크기도 전에 미리 뜯어먹으니
속이 상하지 않을 수 없었다.
그러나 어찌하랴.
사람이 먹이를 가지고 짐승과 다툴 수야 없지 않은가.
같이 나누어 먹으면서 살 수밖에.
먹을 만큼 먹으면 자기들도 염치가 있겠지.

『산방한담』·「먹는 일이 큰일」에서

사람의 향기

사람이 향기로운 여운을 지니려면
주어진 시간을 값없는 일에 낭비해서는 안 된다.
탐구하려는 노력을 기울여 쉬지 않고
자신의 삶을 가꾸어야 한다.
흙에 씨앗을 뿌려 채소를 가꾸듯
자신의 삶을 조심조심 가꾸어 나가야 한다.
그래야 만날 때마다
새로운 향기를 주고받을 수 있다.

『아름다운 마무리』· 「바라보는 기쁨」에서

자연은 인간이 살아가는 데 필요한 물질적인 또는 정신적인 필수 불가결한 수많은 것들을 아무런 대가도 받지 않고 무상으로 제공해주고 있다. 마치 인자한 어머니가 어린 자식에게 자신이 지닌 모든 것을 아낌없이 베풀어주듯이 그렇게 준다.

이와 같은 자연의 선물을 받아서 제대로 적절히 사용하면 인간의 생활에 빛이 나고 유익하다. 그러나 그 선물을 과용하거나 잘못 사용하면 거기에 상응한 배은망덕의 대가를 치르지 않으면 안 된다.

『텅 빈 충만』·「인간과 자연」에서

생명의 바다에서 건져 올린

자연에는 꽃이 피고 지는
자연현상만이 아니라, 거기에는
시가 있고 음악이 있고 침묵이 있고
사상이 있고 종교가 있다.
인류 역사상 위대한 사상이나 종교는
벽돌과 시멘트로 쌓아 올린 교실에서가 아니라,
때 묻지 않은 대자연 속에서
움트고 자랐다는 사실을
우리는 기억할 필요가 있다.
대지와 수목과 화초와 물을 가까이하면
사람의 정신상태가 지극히 평온해진다.
조급히 서둘 필요도 없이
질서정연한 생명의 바다에서 헤엄을 치면서
어떻게 사는 것이
인간다운 삶인가를
스스로 알아차리게 될 것이다.

『텅 빈 충만』·「인간과 자연」에서

지혜와 덕

꽃이 제대로 피게 되면
그 향기는 저절로 번지게 마련이지요.
지혜는 개인적인 영역이지만
덕은 이웃으로 향하는 손길입니다.

『산방한담』 · 「꽃처럼 새롭게」에서

산앵이

장마가 개고 나면 옥잠화가 조금씩
초가을 향기를 풍기면서 피어날 것이고,
그 뒤를 이어 도라지와 들국화가 해맑게 피어나면
산은 그만 누룻누룻 앓는다.

『물소리 바람소리』·「무심히 피고 지다」에서

도라지꽃이 알려준 것

밭 한쪽에 심어놓은 도라지밭에서 올 여름 들어 처음으로 꽃이 피
어나던 날이었다. 그날따라 비바람이 휘몰아쳐, 꽃이 피어나자마자
한 가지가 빗줄기에 허리가 꺾였다. 고개를 들지 못한 꽃이 안쓰러
워 유리컵에 담아 부엌의 식탁 위에 놓아두었다. 식탁 위에 꽃이 있
을 때와 없을 때의 분위기는 아주 다르다. 식탁 위에 꽃이 있으면 혼
자 앉아 있어도 누구와 함께 있는 것 같은 느낌이다.
몇 개의 꽃망울이 맺힌 짙은 보랏빛 도라지꽃인데, 밭에서 피어 있
던 송이가 이울고, 두 번째 송이가 피어날 때는 꽃빛깔이 처음 것보
다 눈에 띄게 연했다. 셋째 송이는 보랏빛은 어디로 다 새어나가고
마치 핏기가 없는 얼굴처럼 아주 파리하게 피어났다. 모양만 도라지
꽃이지 그 빛깔은 살아 있는 빛깔이 아니었다.

유리컵에서 꽃가지를 꺼내어 부엌 바깥 잡초밭에 꽂아주었다. 놀라운 일은 여기에서 벌어졌다. 다음 날 아침 부엌에 들어가다가 얼핏 보니, 그토록 파리하던 꽃에 다시 보랏빛 기운이 돌고 있었다. 그 이튿날 새로 피어난 꽃송이는 처음 밭에서 피어났을 때와 똑같은 짙은 보랏빛이었다.

내가 다년간 주방장으로 근무중인 우리 부엌은 밀폐된 공간이 아니고 열어놓은 망창으로 햇살도 들어오고 바람도 드나들도록 되어 있다. 그리고 그 무렵에는 연일 비가 내려 햇볕도 볼 수 없던 때다. 유리컵에서 생기와 빛을 잃어버린 꽃가지를 흙에 꽂아놓았을 때 다시 생기와 제빛을 되찾은 걸 보고 흙이야말로 생명의 원천임을 통감할 수 있었다. 연탄가스에 어지간히 중독된 사람을 흙 위에 엎어놓으니 소생하더라는 말을 어떤 스님의 체험담으로 들은 일이 있다.

『버리고 떠나기』·「도라지꽃 사연」에서

몰입의 순간

일을 할 바에야 유쾌하게 하자.
그래야 능률도 오르고 피로도 덜하고,
살아 있는 기쁨을 누리게 될 것이다.
기쁨이 없는 곳에는 삶도 또한 있을 수 없다.
사람과 일이 따로따로가 아니라,
사람이 일 그 자체가 되어
순수하게 몰입하여 지속하고 있는 동안은
자신도 사물도 의식되지 않는다.
이게 바로 삼매의 경지다.
이때 잔잔한 기쁨과 감사하는 마음이
꽃향기처럼 은은히 배어나온다.
가장 아름답고 거룩한 인간의 모습이 여기에 있다.

『산방한담』·「삶의 질이 문제로다」에서

인류 역사상 여러 종교의 교조教祖나 성자들이 출현하지 않았다면, 현재와 같은 인류 사회는 형성되지 않았을 것이다. 더 구체적으로 이야기해서, 불타 석가모니나 예수 그리스도가 이 세상에 나오지 않았더라면 인류사는 어떻게 전개되었을까. 묻지 않아도 우리는 짐작할 수 있다. 인류 사회는 그야말로 눈썹이 없는 얼굴이 되고 말았을 것이다.

그런데 누구누구 할 것 없이 종교적인 세계에 투신한 사람들은 하나같이 경제적으로는 비생산자들이다. 물질적인 측면에서 보면 남들이 농사지은 곡식을 거저먹고, 만들어놓은 옷을 공짜로 걸치고, 시주의 돈으로 지어놓은 집에서 집세도 내지 않고 거저 살기 때문에 비생산적이요, 소비적이요, 더부살이나 다름이 없다.

그러나 사람이 어찌 물질로만 살아갈 수 있고, 물질만을 가지고 삶의 가치를 따질 수 있겠는가. 세상에서 소홀히 넘기기 쉬운 정신 영역에 대한 탐구와 계발啓發은 눈에 보이는 경제 현상 못지않게 소중하다.

『그물에 걸리지 않는 바람처럼』·「갈고 뿌린 다음에 먹으라」에서

맑고 향기롭게

세상을 탓하기 전에 먼저
내 마음을 맑고 향기롭게 지닐 때
우리 둘레와 자연도
맑고 향기롭게 가꾸어질 것이고,
우리가 몸담아 살고 있는 세상도
맑고 향기로운 기운으로 채워질 것이다.

『새들이 떠나간 숲은 적막하다』·「보다 단순하고 간소하게」에서

일

장마가 오기 전에 서둘러 해야 할 일로
나는 요즘 바쁘다. 오두막 둘레에
무성하게 자란 풀도 베고, 고추밭에 김도 매야 한다.
장마철에 지필 땔감도 비에 젖지 않도록
미리 추녀 밑에 들이고,
폭우가 내리더라도 물이 잘 빠져나가도록
여기저기 도랑을 친다.
산중에서 살면 산마루에 떠도는
구름이나 바라보면서 한가롭게 지낼 것 같지만,
사람 사는 곳이면 어디나 그렇듯이
일이 많다.
여럿이 할 일을 혼자서 해야 하는 경우에는
그 일이 끝이 없다.

『오두막 편지』·「그런 길은 없다」에서

자연의 질서

자연에는 그 나름의 뚜렷한 질서가 있다. 가뭄이 심하면 비를 내려 해갈시키고, 홍수가 나면 비를 멎게 하여 날이 든다. 바람을 일으켜 갇혀 있는 것을 풀어주고 낡은 것을 떨어뜨리며, 끊임없이 흐르게 하여 부패를 막는다. 밝은 낮에 일하면서 쌓인 피로를 덜어주기 위해 어둠이 내려 쉬도록 해준다.

『텅 빈 충만』·「인간과 자연」에서

나를 즐겁게 하는 것들

산 너머에서 우르렁거리는 천둥소리를 듣고 뜰에 나가 비 설거지를
하고 나자, 금세 까맣게 휘몰아오는 소낙비를 보고 있으면 마음이
느긋해진다. 소나기가 지나간 뒤 생기에 차서 너울거리는 나뭇잎을
바라보는 일 또한 즐겁다.

『산방한담』· 「맑은 기쁨」에서

스스로 해보아야만 가질 수 있는 것

며칠 비워두었다가 오두막에 돌아오니
뜰가에 해바라기가 피어 있었다.
손수 씨를 뿌려 가꾼 보람이
해바라기로 피어난 것이다.
부풀어 오르는 이런 기쁨은
스스로 가꾸어보아야만 누릴 수 있다.

『오두막 편지』·「뜰에 해바라기가 피었네」에서

군불을 지피며

지난 물난리 때에도 나는
아궁이 앞에서 반세기 넘게 이어온
나무꾼의 소임을 거르지 않았다.
누가 중노릇을 한가한 신선놀음이라 했는가.
사람에게는 저마다 주어진 상황이 있다.
남과 같지 않은 그 상황이 곧
그의 삶의 몫이고 또한 과제다.
다른 말로 하면 그의 업이다.
그가 짊어지고 있는 짐이다.
할 일 없이 지내는 것은 뜻있는 삶이 아니다.
그때 그곳에 할 일이 있기 때문에 그를 일으켜 세운다.
처서를 지나면서 하루 걸러 다시 군불을 지핀다.
훨훨 타오르는 아궁이 앞에서
내 삶의 거취를 되돌아본다.
늦더위의 뙤약볕에 청청하던 숲이 많이 바랬다.
초가을 냄새가 여기저기서 풍기기 시작했다.

『아름다운 마무리』·「아궁이 앞에서」에서

햇빛 속을 거닐다

ㅇ 최 선생은 예닐곱 살쯤 부모를 따라 평양으로 이주했고, 이화여대에 입학하면서 서울로 왔다. 그러다 일본 유학을 떠났다. 돌아와서는 당대 최고의 예술가들과 교류했다. 시인 김영랑도 그중 하나였다. 나는 이미 환갑을 지난 선생을 처음 보았지만 젊은 날의 선생이 미인이었을 거라 충분히 짐작했다. 그 시절 피아노와 성악을 하는 인텔리 여성인 데다 체격도 좋고 얼굴도 미인이었으니 인기가 좋았다.

좋다는 수많은 남자를 뒤로하고 선생은 김영랑의 동생인 김하식과 결혼했다. 김영랑은 자기 동생과 결혼하면 야마하 피아노를 사주겠다고 할 정도로 최 선생을 마음에 들어 했다. 어느 자리에선가 선생이 웃으며 한 말이다. 선생의 결혼식에는 내로라는 예술가들이 대거 참석했다. 월탄 박종화, 전설의 무용가 최승희도 하객으로 왔다. 전쟁이 없었다면, 우리나라가 남북으로 갈리지 않았다면, 최 선생은 아마 그런 예술가들과 어깨를 나란히 하며 한 세상을 풍미했을 것이다.

분단도 전쟁도 최 선생의 뜻은 아니었다. 그러나 우리들 모두가 그러하듯 선생 역시 시대를 비껴갈 수 없었다. 게다가 하필 선생의 남편 김하식 씨가 사회주의자였다. 그 전까지 선생이 이데올로기에 특별한 관심을 가졌던 것 같지는 않다. 어찌됐든 선생은 남편을 따라 월북했다. 남편은 당 고위간부가 되었고, 선생은 평양국립예술극장에서 〈카르멘〉, 〈바보온달〉, 〈춘향전〉 등 오페라 주연을 맡는 공훈배우가 되었다. 〈춘향전〉에 출연할 때는 최승희에게 무용 지도를 받기도 했다.

선생의 남편은 불행히도 전쟁 직전 암으로 젊은 나이에 세상을 떠났다.

전쟁이 터지자 선생은 광주문화예술총연맹 감독으로 남하하던 도중 인민군이 후퇴하는 바람에 덕유산을 거쳐 지리산으로 입산했다. 그때 선생의 아들은 김정일과 같은 유치원에 다니는 원생이었다. 김현경, 평생을 두고 선생이 가장 그리워한 이름이다. 눈에 넣어도 아프지 않을 아들을 두고 선생은 남으로 왔고 다시는 돌아가지 못했다.

너무 아픈 얘기는 말이 되어 나오지 않는다. 최 선생은 가급적 아들의 말을 꺼내지 않았다. 보고 싶다는 말조차도 하지 않았다. 1990년대 중반 선생은 방북하는 스님들에게 〈지리산 곡(哭)〉 녹음테이프를 전했다. 스님들을 통해 아들에게 소식이 가 닿길 원했던 모양이다. 선생의 바람과 달리 가 닿지 못했다.

선생은 훗날 자신이 태어난 하바롭스크를 찾았다. 어디서 어떤 정보를 얻은 것인지 북한 공작원이 최 선생을 맞았다. 아마 북으로 가자고 회유한 모양이지만 선생은 남을 택했다. 아들이 이미 이 세상 사람이 아니라는 소식을 들었기 때문이다. 아들이 없는 세상 대신 선생은 절망과 슬픔만 남겨준 남을 선택했다. 그 이유는 정확히 듣지 못했다. 어쩌면 커피 때문이 아니었을까. 선생을 아는 사람들끼리 쓸쓸한 농을 주고받은 적이 있다.

_정지아, 「땅에서의 슬픔은 땅의 것으로, 땅에서의 그리움은 땅의 것으로」

홀로 마시는 차

나는 홀로 거처하기 때문에
혼자서 차를 마실 때가 많다.
혼자서 드는 차를 신묘하다고 했지만,
그 마음은 말이나 글로 표현할 길이 없다.
선의 삼매에서 느낄 수 있는 선열禪悅,
바로 그것에나 견줄 수 있을 것이다.

『서 있는 사람들』·「다선일미」에서

가지치기

나무의 가지치기 일을 지켜보면서,
우리들의 복잡한 일상생활에서도 불필요한 곁가지는
미련 없이 잘라내야 하지 않을까 하는 생각이 들었다.
얽히고설킨 곁가지 때문에
삶의 줄기가 제대로 펼쳐질 수 없다면
한때의 아픔을 이기고서라도 용단을 내려
절단을 해야 한다.
그러기 위해서는 우선
주관적인 틀에 박힌 고정관념부터 잘라내야 한다.
자신의 삶을 객관적인 입장에서 비춰보지 않고서는
전체의 조화를 이루기 어렵다.
그리고 자신의 삶이 지금 어디까지 와 있고,
어디에 걸려서 앓고 있는지 살펴볼 수 있어야 한다.
오늘의 삶이 어제의 삶보다
가치를 부여할 만한 것인지도
스스로 물어보아야 한다.

『물소리 바람소리』·「삶의 뿌리를 내려다볼 때」에서

삶의 즐거움을 만드는 사람

사는 즐거움은 어디에 있는가.
그리고 그 즐거움은 누가 가져다주는가.
즐거움은 우리 스스로 만들고 찾아내야 한다.
사는 일이 재미없고 시들하고
짜증스럽고 따분하다고 생각하면
그렇게 생각한 대로 그 삶은 재미없고 시들하고
짜증스럽고 따분한 일로 가득 채워진다.
우리들의 일상이 따분할수록
사는 즐거움을 우리가 몸소 만들어내야 한다.
즐거운 삶의 소재는 멀리 있지 않고
바로 우리 곁에 무수히 널려 있다.
우리가 만들고 찾아주기를 기다리고 있다.

『오두막 편지』·「뜰에 해바라기가 피었네」에서

마음하는 아우야

지금도 내가 제일 싫어하는 건,
하나의 무표정한 직업인이 된다는 것이다.
해서 나는 초연한 수도승修道僧이기보다는
하나의 자연인自然人으로서
진리를 모색하는 철학도哲學徒가 되고 싶을 뿐이다.
불교 중에서도 종교적인 면은 나를 질식케 하지만
철학哲學의 영역만은 나를 언제까지고 젊게 하고 있지.
물론 사회인社會人에겐 살아가는 데 직업이 필요할 밖에.
하지만 인간 본래의 양심良心이라든가
의지를 잃어버리고까지 거기에 얽매일 건 없을 줄 안다.
어쩌면 이 말은 빵의 존엄성을 모르는 철부지의 말일지도 모른다만,
항상 하는 말이지만 우린 생존生存만으론 살고 있는 보람이 없어.
줄기찬 생활이, 창조적인 생활이 있어야 해.

_1960년 10월 21일 편지글에서

길을 떠날 때면 으레 방 정리를 하는 것이 버릇처럼 되었다. 우선 휴지통을 비우고 방석을 제자리에 놓아두고 다관의 물을 쏟아버린다. 그리고 환기창을 알맞게 열어놓는다. 이대로 떠난 채 다시 돌아오지 않는다 할지라도 구질구질한 잔해를 남에게 보이고 싶지 않아서다. 언젠가 우리는 이렇게 이 세상을 하직하게 될지도 모르는 그런 존재 아닌가. 그러니 길을 떠난다는 것은 하직에 대한 연습일 수도 있다. 길을 떠날 때마다 그런 생각이 든다.

떨어져 사는 처지에서는 누구의 승낙이나 의논을 거칠 필요가 없다. 어느 때고 마음 내키면 훌쩍 떠나면 된다. 아랫절에 들러 어디 좀 다녀오마고 아무한테나 말해두면 그뿐. 물론 혼자서 떠날 때의 그 허허로운 맛을 온몸으로 느낄 수 있다. 나무들을 시름시름 앓게 하는 소슬한 가을바람이 아니더라도, 요즘처럼 재미없는 답답한 세상에서는 길을 떠나는 것이 유일한 숨통이 아닐 수 없다.

『산방한담』·「백서른 켤레의 고무신」에서

가을이 내리고 있다

남녀노소를 막론하고 그 삶에 변화가 없다면
그의 인생은 이미 녹슬어 있는 거나 다름이 없다
녹은 어디서 생기는가. 물론 쇠에서 생긴다
쇠에서 생긴 녹이 쇠 자체를 못 쓰게 만든다
일상적인 타성과 게으름을 녹에 비유할 수 있다
자신에 대한 투철한 각성과 분발을 통해 녹은 제거된다

계절의 변화는 우리 삶에도 변화를 가져올 수 있어 고맙다
산천초목에 가을이 내리고 있다
이 가을에 당신은 어떤 변화를 시도하고 있는가
부디 좋은 이삭 거두기를

『오두막 편지』·「새 오두막으로 거처를 옮기다」에서

125

침묵 이후

말이 많고 시끄러운 세상에서 사느라고
제정신을 가눌 수 없는 우리들은
하루 한때라도 침묵에 기댈 수 있어야 한다.
침묵에 기댐으로써
겹겹으로 닫힌 우리들 자신이 조금씩 열릴 수 있다.
태초에 말씀이 있기 전에 무거운
침묵이 있었다는 사실을 상기할 필요가 있다.
아름다운 음악은 침묵 속에서 찾아낸 가락이고,
뛰어난 조각 또한 침묵의 돌덩이에서 쪼아낸 형상이다.
침묵은 인간이 자기 자신이 되는 길이다.
우리가 무엇이 되기 위해서는 땅속에서 삭는
씨앗의 침묵이 따라야 한다.
지금 우리가 어떤 종류의 사람인가는
우리들 자신이 그렇게 만들어온 것이다.

『물소리 바람소리』·「겨울은 침묵을 익히는 계절」에서

불전佛殿 의식 가운데 축원문이 있는데, 거기에 '우순풍조 민안락雨順
風調 民安樂'이란 대목이 있다. '비바람이 순조로워 이웃들이 다 함께 안
락을 누려지이다' 하는 염원이다.

비바람, 즉 자연계의 운행이 순조로워야 그 안에 살고 있는 우리의
삶도 안락할 수 있다는 이 말은, 자연과 인간의 상관관계를 가리키
고 있다. 함부로 자연을 허물고 더럽히면, 그 메아리가 곧 인간의 삶
에 울려온다는 이 엄연한 사실을 우리는 자연의 질서로 받아들일 줄
알아야 한다.

『버리고 떠나기』·「초가을 나들이」에서

목욕하는 날

어제 해질녘, 비가 올 것 같아
장작과 잎나무를 좀 들였더니
내 몸도 뻐근하다.
오늘이 산중 절에서는 삭발 목욕날.
아랫절에 내려가 더운물에 목욕을 하고 왔으면 싶은데,
내려갔다 올라오면 길섶의 이슬에 옷이 젖을 것이고
또 땀을 흘려야 할 걸 생각하니
선뜻 마음이 내키지 않는다.
솥에 물을 데워 우물가 욕실에서 끼얹고 말까 보다.

『물소리 바람소리』·「숲 속의 이야기」에서

선행이란

흔히들 마음을 맑히라고, 비우라고 말을 한다.
그러나 이것이 바로 마음을 맑히는 법이라고
얘기하는 이는 없다. 또 실제 생활이
마음을 비우고 사는 이처럼 여겨지는 사람
만나기도 쉽지 않다. 마음이란 결코 말로써,
관념으로써 맑혀지는 것이 아니다.
실질적인 선행善行을 했을 때 마음은 맑아진다.
선행이란 다름 아닌 나누는 행위를 이른다.
내가 많이 가진 것을 거저 퍼주는 게 아니라
내가 잠시 맡아 있던 것들을
그에게 되돌려주는 행위일 뿐이다.

_맑고향기롭게 발족 취지문 중에서

우주가 태어난다

어디서 한 송이 꽃이 피어날 때 그것은
우주의 큰 생명력이 꽃을 피우고 있는 것이다.
찬바람에 낙엽이 뒹구는 것도
우주 생명력의 한 부분이 낙엽이 되어 뒹굴고 있는 것이다.

『버리고 떠나기』·「살아 있는 것은 다 한 목숨이다」에서

감사가 행복이다

하찮은 것 하나라도 소중히 여기고,
그것을 소유할 수 있음에 감사하노라면
절로 맑은 기쁨이 샘솟는다.
그것이 행복이다.

_맑고향기롭게 발족 취지문 중에서

버리고 또 버리기

크게 버리는 사람만이
크게 얻을 수 있다는 말이 있다.
물건으로 인해 마음을 상하고 있는 사람에게는
한번쯤 생각해볼 말씀이다.
아무것도 갖지 않을 때
비로소 온 세상을 갖게 된다는 것은
무소유의 또 다른 의미이다.

『무소유』·「무소유」에서

이상한 계절

가을은 참 이상한 계절이다.
조금 차분해진 마음으로 오던 길을 되돌아볼 때,
푸른 하늘 아래서 시름시름 앓고 있는 나무들을 바라볼 때,
산다는 게 뭘까 하고 문득 혼자서 중얼거릴 때,
나는 새삼스레 착해지려고 한다.
나뭇잎처럼 우리들의 마음도 엷은 우수에 물들어간다.
가을은 그런 계절인 모양이다.

『무소유』·「가을은」에서

쉴 줄 알고 놀 줄 알아야

누군들 쉬고 싶지 않으랴만
처지와 형편이 그렇지 못하니
쉬지도 놀지도 못한다고 할 것이다.
이다음에 가서 또는 무엇이 되고 나서,
무엇을 이룬 뒤부터라고 미루면서
그날그날을 쫓기듯이 바쁘게만 살아간다.
그러나 죽음이 올지 더욱 큰 불행이 올지
누가 내일 일을 예측할 수 있을 것인가.
모르긴 해도 정년이 된 후 한꺼번에 쉬려고 한다면
그때는 쉬는 일이 도리어 무료하고 지겨울 것이다.
인생의 덧없음과 비애를 되씹느라고
쉬는 의미를 찾지 못하게 될 것이다.

『산방한담』·「쉴 줄도 알아야 한다」에서

빈 방에 홀로

빈 방에 홀로 앉아 있으면
모든 것이 넉넉하고 충만하다.

텅 비어 있기 때문에
가득 찼을 때보다도
오히려
더 충만하다.

『살아 있는 것은 다 행복하라』에서

직선과 곡선

사람의 손이 빚어낸 문명은 직선이다.
그러나 본래 자연은 곡선이다.
인생의 길도 곡선이다.
끝이 빤히 내다보인다면 무슨 살맛이 나겠는가.
모르기 때문에 살맛이 나는 것이다.
이것이 바로 곡선의 묘미이다.

직선은 조급, 냉혹, 비정함이 특징이지만
곡선은 여유, 인정, 운치가 속성이다.

주어진 상황 안에서 포기하지 않고
자신이 할 수 있는 일을 찾는 것,
그것 역시 곡선의 묘미이다.

때로는 천천히 돌아가기도 하고 어정거리고
길 잃고 헤매면서
목적이 아니라 과정을 충실히 깨닫고 사는
삶의 기술이 필요하다

『살아 있는 것은 다 행복하라』에서

바람이 되어 떠나야 할 때

가을은 떠돌이의 계절인가.
나뭇잎을 서걱서걱 스치고 지나가는
마른 바람소리를 듣노라면
문득문득 먼 길을 떠나고 싶다.
바람이란 그 바탕이 떠돌이라서 그런지
그 소리를 듣기만 하여도 함께 떠돌고 싶어진다.
승가에 만약 행각의 기간이 없다면
정착하는 안거의 의미도 없을 것이다.
결제만 있고 해제가 없다면,
모르긴 해도 독신 수행자의 신경질은 훨씬
심해질 것이다. 몸소 바람이 되어
여기저기 떠돌아다님으로 해서,
빡빡하기 쉬운 생활에 리듬과 탄력을 불어넣을 수 있다.

『물소리 바람소리』·「길 떠나기가 두렵네」에서

지금이 바로 그때

먼저 살다간 사람들의 말에 의하면
하나같이, 인생은 짧다고 한다.
어물어물하고 있을 때 인생은
곧 끝나버린다는 것이다.
후딱 지나가버리는 것이 아니라
곧 끝나버린다는 말이다.

현재의 이 육신을 가지고는
단 한 번뿐인 인생, 언제 어디서 어떻게 될지
예측할 수 없는 불확실한 존재인 우리이다.
그렇다면 얼마 안 되는 시간을,
그것도 팔다리에 기운이 빠지기 전에
각자에게 배당된 그 한정된 시간을
마음껏 활용해야 할 것이다.
자기 몫의 삶을 후회 없이 살아야 한다.
무슨 일이건 생각이 떠올랐을 때
바로 실행할 일이다.
지금이 바로 그때이지
따로 시절이 사람을 기다려주는 것은 아니다.

『산방한담』·「우리들의 얼굴」에서

태어난 사람인 우리는 언젠가 한 번은 죽게 마련이다. 이 죽음은 권력도 금력도 남녀노소도 신분의 높낮음도 가리지 않는다. 생을 끝맺기 위해서가 아니라 새로운 생을 시작하기 위해 묵은 껍질을 벗어버리는 것이다. 꽃과 잎이 다시 뿌리로 돌아가듯이.

묵은 껍질을 벗어버릴 바에는 미련 없이 훌훌 벗어버려야지 비굴하게 애걸복걸 매달려서는 안 된다. 매달려 보았자 하루 이틀이지 얼마를 더 버틸 수 있을 것인가.

『산방한담』·「한 줌의 재」에서

빈 가지

뜰가에 서 있는 후박나무가
마지막 한 잎마저 떨쳐 버리고 빈 가지만 남았다.
바라보기에도 얼마나 홀가분하고 시원한지 모르겠다.
이따금 그 빈 가지에 박새와 산까치가 날아와 쉬어 간다.
잎을 떨쳐 버리고 빈 가지로 묵묵히 서 있는
나무들을 바라보고 있으면, 내 자신도 떨쳐 버릴 것이 없는지
되돌아보게 된다. 나무들에 견주어볼 때
우리 인간들은 그처럼 단순하지 못하고 순수하지 못하며,
건강하지도 지혜롭지도 못한 것 같다.

『봄여름가을겨울』·「겨울」에서

비밀

12월 초순인 요즘도 대숲머리에 있는
두 그루 감나무에는 감이 주렁주렁 매달려 있다.
강추위가 오기까지는 얼마 동안 더 달려 있을 것이다.
더러는 꿩과 새들이 쪼아 반쯤 허물어진 것도 있지만
나머지는 말짱한 그대로다. 벌써부터 보는 사람마다
왜 따지 않느냐고 입맛을 다시곤 했지만
나는 과일을 입으로만 먹지 않고
눈으로도 먹을 수 있는 비밀을 알고 있다.
실은, 내 뜰에 놀러온 새들에게 따로 대접할 게 없으니
감이나 먹고 가라고 남겨둔 것이지만,
나는 나대로 하루에도 몇 차례씩
초겨울 하늘 아래 빨갛게 매달려 있는
감을 바라보는 즐거움을 누리고 있으니
일거양득이 아닐 수 없다.

『산방한담』·「겨울 숲」에서

김장

처음에는 아무 요량도 없이
무 배추를 가꾼 대로 여러 독 담았었다.
한실과 광천 그리고 순천장에까지 가서
독을 사 날랐었다.
겨우내 먹고 봄까지 먹는다고 해야 기껏 두어 독인데,
농사 지어놓은 게 아까워 철없이 많이 담았던 것이다.
그래서 산 넘어 농막에까지 김치를 퍼 날라주기도 했었다.
지금 생각해봐도 소견머리가 콕 막힌 어리석은 짓이었다.
밭을 한두 두렁씩 줄이다가 올해는 두 두렁 반만 갈았다.
배추 한 두렁 반하고 무 반 두렁,
그리고 갓 반 두렁, 나머지는 도라지를 심고
화목을 옮겨 심었다. 일거리가 훨씬 줄어들었다.
김장을 하기 전까지 산을 찾아온 친지들에게
제멋대로 자란 배추를 쌈을 싸 먹으라고
한두 포기씩 뽑아주었다.
어차피 혼자서는 감당하기 어렵고
남으면 치우기 귀찮아,
미리부터 여러 사람의 입에다
'김장'을 담아버린 셈이다.

『텅 빈 충만』·「김장 이야기」에서

눈을 밟다

○ 최순희 선생에게 남한은 어떤 의미였을까? 남한은 선생이 사랑을 하고 결혼을 한 전성기의 무대이기도 하지만 치욕의 무대이기도 했다.

선생은 1952년 1월, 그 유명한 대성골 전투에서 남부군 문화대원 열다섯 명의 동료 중 열한 명을 잃고, 남은 동료 넷과 원대성 부근에 숨어 있다 국군에 생포되었다. 생포 당시 동상과 탈진으로 움직일 기력조차 없었다. 자수를 의심하는 사람들도 있다. 그러나 선생은 분명 생포되었다고 스스로 밝혔다.

며칠 뒤, 지리산 빨치산의 자수 권유 삐라에 피아노를 치는 선생의 모습이 실렸다. 자수를 권유하는 선생의 목소리가 지리산 자락에 울려 퍼지기도 했다. 그 삐라가 아직도 남아 있고 선생의 목소리를 들은 사람들의 증언도 여럿 있다.

십여 년 전, 지방의 모 방송국에서 빨치산에 관한 다큐멘터리를 제작했다. 그들이 가장 관심을 가진 건 최 선생의 삶이었고, 다큐멘터리 초반 선생이 자수를 권유한 삐라 관련 영상이 등장했다. 선생은 그 영상을 보고 노발대발했다. 고소라도 할 기세였다. 난감해진 제작진이 내게 중재를 제안했다. 내가 보기에 그 방송국의 다큐 프로그램에는 선생의 명예를 훼손할 어떤 의도도 없어 보였다. 선생의 마음을 가라앉힐 자신은 없었지만 딱한 상황이라 별 수 없이 선생에게 전화를 했다.

그때까지 선생과 나는 단 한 번도 그 문제를 입 밖에 꺼내본 적이 없었다. 대부분 알지만 차마 말
하지 않은 진실이었다. 그러나 그 진실로 무엇을 할 수 있겠는가? 살아남고 싶어서 자수를 했단
들, 살아남기 위해 동지들의 자수를 권유했단들, 그것이 죄라고, 인간이 그래서는 안 된다고 감히
말할 수 있는 자가 얼마나 되겠는가? 적어도 나는 그럴 수 없었고, 그래서도 안 된다고 생각했다.
살아남고 싶었던 게 대체 무슨 죄가 되느냐는 내 한 마디에 선생은 울기 시작했다. 방금 전까지의
분노는 일 퍼센트도 느껴지지 않는 속절없는 울음을 나는 한 시간 가까이 들었다.

살아남기 위해 어쩔 수 없이 했던 선택은 선생을 평생 따라다녔다. 살아남은 동지들 가운데 대놓
고 비난을 한 사람도 있을지 모르지만 그보다 선생은 스스로 그 죄의식으로부터 도망치지 못했다.
아마도 법정 스님을 만나기 전까지 선생의 마음은 지옥이었을 것이다. 법정 스님을 만난 뒤 처음
으로 마음의 평온을 얻었노라 선생은 말했다.

살아남고자 하는 것은 인간의 본능이다. 선생은 인간의 본능을 따랐다. 죄가 있다면 그런 선택조
차 죄가 되었던 우리네 슬픈 역사에 있다.

_정지아, 「땅에서의 슬픔은 땅의 것으로, 땅에서의 그리움은 땅의 것으로」

무언가를 갖는다는 건

필요에 의해서 물건을 갖게 되지만,
때로는 그 물건 때문에 적잖이
마음이 쓰이게 된다.
그러니까 무엇인가를 갖는다는 것은
다른 한편 무엇인가에 얽매인다는 뜻이다.
필요에 따라 가졌던 것이 도리어
우리를 부자유하게 얽어맨다고 할 때
주객이 전도되어 우리는 가짐을 당하게 된다.
그러므로 많이 가지고 있다는 것은
흔히 자랑거리가 되어 있지만,
그만큼 많이 얽혀 있다는 측면도
동시에 지니고 있다.

『무소유』 · 「무소유」에서

불일암 수칙

이 도량에 몸담아 사는 수행자는 다음 사항을 엄격히 지켜야 한다.

· 부처님과 조사의 가르침인 계행戒行과 선정禪定과 지혜智慧를 함께
닦는 일로 정진을 삼는다.

· 도량이 청정하면 불, 법, 승 삼보가 항상 이 암자에 깃들인다. 검소
하게 살며 게으르지 말아야 한다.

· 말이 많으면 쓸 말이 적다. 잡담으로 귀중한 시간을 낭비하지 않
고 침묵의 미덕을 닦는다.

· 방문객은 흔연히 맞이하되 해 떨어지기 전에 내려가도록 한다. 특
히 젊은 여성과는 저녁 공양을 함께 하지 않고 바래다주거나 재
우지 않는다.

· 부모형제와 친지들을 여의고 무엇을 위해 출가 수행자가 되었는
지 매순간 그 뜻을 살펴야 한다. 세속적인 인정에 끄달리면 구도
정신이 소홀해진다는 옛 교훈을 되새긴다.

· 이 수칙을 지키는 수행자에게 도량의 수호신은 환희심을 낼 것
이다.

· 이상

『새들이 떠나간 숲은 적막하다』· 「어떤 가풍」에서

할머니의 옛이야기 같은

대숲에 푸실푸실
싸락눈 내리는 소리를
나는 좋아한다.
이 싸락눈 내리는 소리를
듣고 있으면, 어린 시절
할머니의 무릎을 베고
소금 장수 이야기를 듣던
기억이 문득 되살아난다.
똑같은 이야기지만 들을 때마다
가슴 졸이며 새롭게 들리던
그런 옛이야기.
고전이란 바로
이런 성질의 것이 아닐까 싶다.

『새들이 떠나간 숲은 적막하다』·「내가 사랑하는 생활」에서

눈 위의 발자국

지난밤에도 눈이 많이 내렸다.
우물과 정랑으로 가는 길에 쌓인 눈을 치우다가,
일정한 간격으로 깡충깡충 뛰어간 토끼 발자국을 보았다.
그리고 대숲가에서는 나는 기러기 떼처럼 꿩의 발자국이
외줄로 질서정연하게 찍혀 있었다.
짐승이나 새의 발자국을 견주면
사람의 발자국은 너무 우악스럽다.
하얗게 쌓인 눈을 밟기가 조금은 미안하다.
눈 위에 찍힌 짐승의 발자국이 아름다운 것은
가장 천연스럽고 자연스럽기 때문이다.
사람의 자취는 아무래도 부자연스러워
우악스럽게 보이는 것이 아닐까 싶다.
아름다운 것은 무엇보다도
자연스러움이 그 바탕을 이루고 있다.

『물소리 바람소리』·「아직도 허세와 과시인가」에서

나그네의 하루

우리는 날마다 죽으면서 다시 태어나야 한다.
만일 죽음이 없다면 삶 또한 무의미해질 것이다.
삶의 배후에 죽음이 받쳐주고 있기 때문에
삶이 빛날 수 있다.
삶과 죽음은 낮과 밤처럼
서로 상관관계를 갖는다.
영원한 낮이 없듯이 영원한 밤도 없다.
낮이 기울면 밤이 오고 밤이 깊어지면 새날이 가까워진다.
이와 같이 우리는 순간순간 죽어가면서
다시 태어난다. 그러니
살 때는 삶에 전력을 기울여 뻐근하게 살아야 하고,
일단 삶이 다하면 미련 없이 선뜻 버리고 떠나야 한다.
열매가 익으면 저절로 가지에서 떨어지듯,
그래야 그 자리에서 새로 움이 돋는다.
순간순간 새롭게 태어남으로써 날마다
새로운 날을 이룰 때, 그 삶에는
신선한 바람과 향기로운 뜰이 마련된다.
우리는 어디서 와서 어디로 가는 나그네인지
때때로 살펴보아야 한다.

『인도기행』· 「날마다 죽으면서 다시 태어난다」에서

눈 속의 단상

며칠 동안 펑펑 눈이 쏟아져 길이 막힐 때,
오도 가도 못하고 혼자서 적막강산에 갇혀 있을 때,
나는 새삼스럽게 홀로 살아 있음을 누리면서
순수한 내 자신이 되어 둘레의 사물과 일체감을 나눈다.
눈 위에 찍힌 짐승 발자국을 대하면
같은 산중에 사는 동료로서 친근감을 느낀다.

『새들이 떠나간 숲은 적막하다』· 「내가 사랑하는 생활」에서

산중의 겨울

산중의 겨울은
땔감만 넉넉하면
어떤 추위도 두렵지 않다.
양식이야 그때그때
날라다 먹으면 된다.
겨울 동안 수고해줄
무쇠난로를 들기름 걸레로 닦아주고,
연통의 틈새도 은박 테이프로 감아주었다.
나는 기질적으로
미적지근한 날씨보다는
살갗이 얼얼한 쌀쌀한 날씨가 좋다.
내 삶에 긴장감이 돌기 때문이다.
팽팽하게 긴장감이 돌아야
산중에서 사는 맛이 난다.

『산방한담』·「겨울 채비를 하며」에서

눈꽃

잎이 져버린 빈 가지에 생겨난
설화를 보고 있으면
텅 빈 충만감이 차오른다.

아무것도 지닌 것 없는
빈 가지이기에
거기,
아름다운 눈꽃이 피어난 것이다.

잎이 달린 상록수에서
그런 아름다움은 찾아보기 어렵다.

거기에는 이미 매달려 있는 것들이 있어
더 보탤 것이 없기 때문이다.

『살아 있는 것은 다 행복하라』에서

자연과 교감을 하면서 살아온 미국 인디언들은 과로해서 기운이 달리게 되면 숲 속으로 들어가 양팔을 활짝 벌린 채 소나무에 등을 기대고 그 나무의 기운을 받아들인다고 한다. 내가 잘 아는 한 친구도 도시생활에 지치면 시골집에 내려가 집 뒤 소나무 숲을 찾아간다. 정정한 소나무에게 안부를 묻고 거기 한참을 기대어 속말을 털어놓고 나면 마음이 투명해지고 기운이 솟는다고 했다.

나도 불일암의 뜰에 있는 후박나무를, 잎이 다 지고 난 후 아무것도 걸치지 않은 그 나무를 쓰다듬고 안아 주면서 볼을 비비기도 하고 속엣말을 건네기도 하는데, 그때마다 말할 수 없는 신뢰와 친근감을 우리는 서로 나눈다. 아, 이 겨울에 우리 후박나무는 별고 없이 잘 있는가?

『새들이 떠나간 숲은 적막하다』·「식물도 알아듣는다」에서

겨울의 이유

산다는 것은
끊임없이 자기 자신을 창조하는 일
그 누구도 아닌 자신이 자신에게
자신을 만들어준다.
이 창조의 노력이 멎을 때
나무건 사람이건, 늙음과 질병과 죽음이 온다.
겉으로 보기에 나무들은
표정을 잃은 채 덤덤히 서 있는 것 같지만,
안으로는 잠시도 창조의 일손을 멈추지 않는다.
땅의 은밀한 말씀에 귀 기울이면서
새 봄의 싹을 마련하고 있는 것이다.
시절 인연이 오면 안으로 다스리던 생명력을
대지 위에 활짝 펼쳐 보일 것이다.

『산방한담』·「겨울 숲」에서

나무 꺾이는 소리

산에 살아보면 누구나 다 아는 일이지만
겨울철이면 나무들이 많이 꺾인다.
모진 비바람에도 끄떡 않던 아름드리 나무들이,
꿋꿋하게 고집스럽기만 하던 그 소나무들이
눈이 내려 덮이면 꺾이게 된다.
가지 끝에 사뿐사뿐 내려 쌓이는
그 가볍고 하얀 눈에 꺾이고 마는 것이다.

깊은 밤, 이 골짝 저 골짝에서
나무들이 꺾이는 메아리가 울려올 때
나는 잠을 이룰 수 없다.
정정한 나무들이 부드러운 것 앞에서 넘어지는
그 의미 때문일까.

산은 한겨울이 지나면
앓고 난 얼굴처럼 수척하다.

『살아 있는 것은 다 행복하라』에서

크고 작은 공동체는 개인에게 주어진 소임으로 인해 유기체의 조화를 이룹니다. 그리고 수도자는 자기가 맡은 소임으로 인해 수도자로서 쌓아야 할 복과 덕을 가꿀 수 있습니다. 일과 이치는 하나이지 별개의 것이 아닙니다. 소임에 충실하지 못한 사람이 그 밖의 수도생활에 충실할 수는 결코 없는 법입니다. 무슨 일에나 그 일 자체가 되어 순수하게 몰입하여 지속할 수 있어야 합니다. 일에서 이치를 터득하고 이치를 일로써 드러내야 합니다.

우리에게 일거리가 없다는 것은 삶의 소재가 없다는 말과 같습니다. 순간순간 하는 일이 내 삶의 내용인 동시에 내게 맡겨진 과제입니다. 일을 할 때에는 즐거움을 가지고 선뜻 나서서 해야 합니다. 그래야만 하는 일에 능률도 오르고 일 자체가 기쁨이 될 수 있습니다. 일이 즐거우면 인생은 낙원이고, 일이 마지못해 하는 의무일 때 인생은 지옥이란 말은 결코 빈말이 아닙니다.

『산방한담』·「꽃처럼 새롭게」에서

깊은 산 속에서의 자유

인적이 미치지 않은 심산深山에서는
거울이 소용없다.
둘레의 모든 것이
내 얼굴이요 모습일 테니까.
일력日曆도 필요 없다.
시간 밖에서 살 테니까.
혼자이기 때문에 아무도
나를 얽어매지 못할 것이다.
홀로 있다는 것은 순수한 내가 있는 것.
자유는 홀로 있음을 뜻한다.
아, 아무것도 가진 것 없이,
어디에도 거리낌 없이
산울림 영감처럼 살고 싶네.
태고의 정적 속에서 산신령처럼
무료히 지내고 싶네.

『무소유』·「나의 애송시」에서

불일암을 지은 이유

지금 생각해보아도 알 수 없는 것은,
그 무렵 어째서 기를 써가면서
집(불일암)을 하나 지으려고 했던가 하는 일이다.
더구나 수중에 돈 한 푼 없는 주제에.
그때 집을 지으려는 생각이 일기 시작하자
이런 논리도 고개를 들었다.
지금까지 앞서 간 선인들이 지어놓은 집에서
나는 아무 걱정 없이 잘 지냈는데
그 은덕에 보답하기 위해서라도
나도 하나 지어야 하지 않겠는가.
몸담아 살다가 인연이 다해 이 집을 비우고 떠나면
또 아무나 인연 있는 수행자가 와서 살게 될 것이다.
내가 지었다고 해서
결코 내 소유물은 아니다.
앞서 간 선사들이 다 그랬듯이⋯⋯.

『산방한담』·「먹는 일이 큰일」에서

189

바람, 구름, 물

출가 수행자들을 가리켜 '바람'이라고 한다.
그리고 '구름'과 '물'이라고도 부른다.
바람과 구름과 물은 어디에도
집착하지 않고 늘 살아서 움직인다.
만일 그 바람과 구름과 물이 한곳에
집착하여 머물면 곧바로 생기를 잃는다. 그래서
소리에 놀라지 않는 사자처럼,
그물에 걸리지 않는 바람처럼,
진흙에 더럽혀지지 않는 연꽃처럼
매인 데 없이 살고자 한다.

『인도기행』, 「신심이 지극한 티베트 신자들」에서

주름진 얼굴

며칠 전 밀어닥친 눈보라로
가지 끝에 매달린 잎새들이 죄다 지고 말았다.
나무들의 발치에 누워 있는 가랑잎은
무슨 생각들을 하고 있을까.
가지에서 떠난 잎들은 조금씩 삭아가면서
새봄의 기운으로 변신할 것이다.
때 아닌 눈보라에 후줄근하게 서 있던 파초를 베어내고
흙을 두둑이 덮어 주었다.
이제 내 뜰에서는 여름의 자취와 가을의 향기가 사라지고
텅 빈 자리에 찬 그늘이 내리고 있다.
말끔히 비질한 뜰에 찬 그늘이 내리는 것을 보고 있으면
문득문득 계절의 무상감이 떠오른다.
계절이 우리에게 주는 의미는 무엇일까.
나무들은 빈 가지인 채로 서 있다.
떨쳐 버릴 것은 모두 떨쳐 버리고 덤덤하게 서 있는 나무들.
그것은 마치 세월에 부대끼고 풍상에 시달린
우리 모두의 주름진 얼굴만 같다.

『봄여름가을겨울』·「겨울」에서

숲의 겨울잠

계절의 변화가 있다는 것은 참으로 고마운 일이다.
겨울이 오면 봄도 또한 멀지 않다고 하더니,
이제 겨울의 자리에 봄이 움트려고 한다.
지난밤에도 바람기 없이 비가 내렸다.
겨우내 까칠까칠 메마른 바람만 불다가
부슬부슬 내리는 밤비소리를 들으면
내 속뜰도 촉촉이 젖어드는 것 같다.
아침에는 온 산에 안개가 자욱이 서렸다.
안개로 가려진 숲은 살아 있는 진경산수眞景山水.
한동안 막혔던 새소리가 여기저기서 들려온다.
산에서 우는 작은 새는 산이 좋아 산에서 사는가.
침묵의 숲이 겨울잠에서 깨어나고 있다.

『산방한담』·「차지하는 것과 바라보는 것」에서

꽃을 찾아가는 마음

눈 속에 꽃을 찾아가는 사람의 마음이란
얼마나 꽃다운 것인가.
꽃을 가꿀 만한 뜰을 갖지 못한 현대의 도시인들은,
때로는 꽃시장에라도 가서
싱그럽게 피어나는 꽃을 볼 일이다.
맑고 향기롭게 피어 있는 꽃의
아름다움을 즐길 뿐 아니라,
자신의 삶에도 이런 맑음과 향기와 운치가 있는지를
되돌아볼 수 있어야 한다.

『텅 빈 충만』 · 「눈 속에 매화 피화 피다」에서

집착함이 없이 나답게

이 산 저 산, 이 절 저 절을 다니면서도
이곳이야말로 영원한 내 안식처라고 생각한 데는
아직 없다. 인연 따라 머무는 날까지 머물면서
나를 가꾸고 다듬을 따름이다.
언젠가는 이 껍데기도 벗어버릴 텐데,
영원한 처소가 어디 있겠는가.
그 전 같으면 필요한 일이 있으면
자다가도 벌떡 일어나 옮기고 고치면서
당장에 해치우고 마는 그런 성미였는데,
이제는 어지간하면 주어진 여건을 그대로 수용하면서
일없이 간소하게 사는 쪽으로 생각을 바꾸었다.
그 대신 어디에도 집착함이 없이
나답게 살고 싶다.

『새들이 떠나간 숲은 적막하다』 · 「박새의 보금자리」에서

친절한 마음씨

지난 한 해를 돌아보면서 나는
이웃에게 어떤 일을 나누었는지 스스로 묻는다.
잘산 한 해였는지 허송세월을 했는지 점검한다.
하루 한 가지라도 이웃에게 착한 일을 나누면
그날 하루는 헛되이 살지 않고 잘산 날이다.
이웃과 나누는 일을 굳이
돈만 가지고 하는 일로 생각하지 말아야 한다.
친절하고 따뜻한 그 마음씨가 소중하다.
나누는 일을 이다음으로 미루지 말라.
이다음은 기약할 수 없는 시간이다.

『홀로 사는 즐거움』·「삶의 종점에서 남는 것」에서

겨울 지나 봄

얼어붙은 대지에 다시 봄이 움트고 있다.
겨울 동안 죽은 듯 잠잠하던 숲이
새소리에 실려 조금씩 깨어나고 있다.
우리들 안에서도 새로운 봄이 움틀 수 있어야 한다.
다음으로 미루는 버릇과 일상의 늪에서 허우적거리는
그 타성에서 벗어나 새로운 시작을 해야 한다.
인간의 봄은 어디서 오는가?
묵은 버릇을 떨쳐버리고 새롭게 시작할 때 새 움이 튼다.

『그물에 걸리지 않는 바람처럼』·「그물에 걸리지 않는 바람처럼」에서

봄이 오는 소리

어제는 물소리가 듣고 싶어
개울가로 내려가보았더니
얼음 속으로 흐르는 개울물소리가
한결 목이 트여 있었다.
그러니 자연의 품에서 멀리 떨어져 있는
도시 사람들은 이제 비발디의 협주곡이나
베토벤의 소나타에 귀를 기울이면서
새봄을 느낄 때도 되었겠다.
새봄이 온다고 해서
어떤 기대나 희망이 있는 것은 아니지만,
추위 대신 따뜻한 햇살과 부드러운 바람과
메마른 대지에 연한 빛깔과 촉촉한 물기가 밸 것이므로
기다려지는 것이다. 그리고
한겨울의 움츠렸던 칩거에서 벗어나
훨훨 떨치고 나설 수 있기 때문에
조금은 기대를 갖고 싶은 것이다.

『물소리 바람소리』·「당신은 무엇이 되고 싶은가」에서

봄의 늑장

오후의 입선 시간,
선실에서 졸다가 대숲에 푸실푸실
싸락눈 내리는 소리를 듣고
졸음에서 깨어났다.
점심 공양 뒤 등 너머에서
땔나무를 한 짐 지고 왔더니
고단했던 모양이다.
입춘이 지나간 지 언제인데
아직도 바람 끝은 차고 산골에는 이따금
눈발이 흩날린다.

『산방한담』·「빛과 거울」에서

당신을 위한 샘물

십 년 전 이 암자를 지을 때
이 샘은 파래가 잔뜩 끼어 있고
개구리들이 살아 쓰지 않은 채 버려져 있었다.
물에 손을 담가보았더니 아주 차고 수량도 많아
이 샘을 고쳐 쓰기로 작정했었다.
이끼가 파랗게 끼어 있는 낡은 판자를 꺼내고
대신 돌을 쌓아 둘레에 진흙을 다져 넣었더니
아주 좋은 샘이 되었다.
아무리 가물어도 수량이 줄지 않았다.
여름에는 물이 차고 겨울에는 미지근하다.
물 흐르는 수구를, 통대를 잘라 끼워놓으니 아주 운치가 있다.
그리고 샘틀의 네 기둥은
목수 노 씨의 솜씨로 연꽃을 새겨놓으니
볼 때마다 미소를 머금게 된다.
원컨대, 이 샘물을 떠 마시는 사람마다 갈증을 면하고
넘치는 기운을 얻어지이다.

『텅 빈 충만』·「모년 모월 모일 2」에서

절에 가면 선방 앞 섬돌에 이런 표찰이 붙어 있다.

조고각하 照顧脚下

비칠 '조', 돌아볼 '고', 다리 '각', 아래 '하'.
이 말이 무슨 말인가. 자기가 서 있는 자리를 살피라는 뜻이다. 자기가 서 있는, 지금 자기의 현실을 살피라는 것이다.
섬돌 위에다가 그런 표찰을 붙여 놓는 것은 신발을 바르게 벗으라는 뜻도 되지만, 그건 지엽적인 뜻이다. 본질적인 뜻은 그런 교훈을 통해서 현재 자기가 서 있는 자리, 그 현실을 되돌아보라는 것이다.

『산에는 꽃이 피네』·「자기 안을 들여다보라」에서

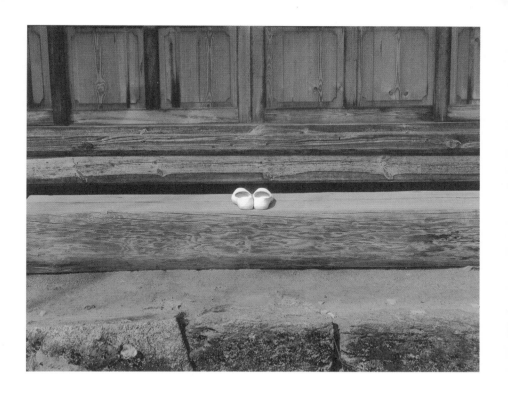

○ 나는 최순희 선생이 의식적 사회주의자라고는 생각하지 않는다. 적어도 내가 본 선생의 모습은 그랬다. 그보다는 감정이 풍부하고 격정적인 예술가였고, 뼛속 깊이 엘리트였다.

언젠가 선생은 자신에 대해 "북에 있을 때는 상류층이었지. 계속 있었으면 난 아주 나쁜 인간이 되었을 거야. 빨치산하면서 착해졌지. 함께 고생하면서 인간의 정도 배우고…… 인간이 된 거지"라고 말했다. 선생에게 빨치산 시절은 인간의 정을 배우고 인간이 된 시기였다. 그 때문에 선생은 불과 일 년 반 남짓했던 그 시절에 평생 붙박여 살았다.

최 선생은 한때 지리산의 전설로 불렸다. 이른 새벽 산행을 시작해 섬진강이 보이기 시작하면 울기 시작하여 제를 지내는 내내 한 맺힌 통곡을 멈추지 못했기 때문이다. 선생의 제는 그곳에서 죽어간 수많은 동료 빨치산에 대한 그리움의 발로였고, 동시에 자수를 권유했던 자신의 선택에 대한 속죄의 한 방식이기도 했다. 또한 군인, 경찰을 막론하고 그곳에서 죽어간 모든 사람들의 한을 풀어주기 위해서였다. 제를 지내러 지리산을 찾았을 때 선생은 이미 환갑을 훌쩍 지난 나이였고, 그때쯤은 적도 동지도 큰 의미가 없었을 것이다. 다만 함께 생과 사를 뛰어넘었던 사람들에 대한 그리움만 날이 갈수록 깊어졌다.

내 어머니를 위시하여 어쩌다 동료들이 선생의 집에서 모이면 선생은 진한 커피와 중국음식을 앞에 놓고 끝없이 옛사람들 얘기를 늘어놓았다. 그러다 피아노 앞에 앉아 〈지리산 곡〉을 불렀다. 나이가 있어도 선생의 소리는 젊은이 못지않게 카랑카랑했다. 그러나 선생의 노래는 늘 끝까지 가지 못했다. 끝까지 노래하기에는 슬픔과 그리움과 회한이 너무 깊었기 때문이다.

피붙이 하나 없는 남한 땅, 임종을 지켜주는 사람 하나 없이 눈을 감으며 최 선생은 여전히 슬프고 여전히 그리웠을까? 법정 스님의 가르침으로 마음의 평온을 얻었듯 모든 것을 놓고 가벼이 떠났기를. 땅에서의 슬픔은 땅의 것으로 돌려놓고, 땅의 그리움도 땅의 것으로 남겨놓고.

_정지아, 「땅에서의 슬픔은 땅의 것으로, 땅에서의 그리움은 땅의 것으로」

지리산 곡(哭)

최순희

철쭉이 피고 지던 반야봉 기슭엔
오늘도 옛같이 안개만이 서렸구나
피아골 바람 속에 연하천 가슴속에
아직도 맺힌 한을 풀 길 없어 헤맸나
아아, 그 옛날 꿈을 안고 희망 안고
한 마디 말도 없이 쓰러져간 푸른 님아
오늘도 반야봉엔 궂은비만 내린다

써래봉 달빛 속에 치밭목 산죽 속에
눈을 뜬 채 묻혀져간 잊지 못할 동무들아
시루봉 바라보며 누워 있는 쑥밭재야
잊었느냐 피의 노래 통곡하던 물소리를
아아, 그 옛날 꿈을 안고 희망 안고
한 마디 말도 없이 쓰러져간 푸른 님아
오늘도 써래봉엔 단풍잎만 휘날린다

추성동 감도는 칠선의 여울속에
굽이굽이 서린 한이 깊이도 잠겼구나
거림아 대성골아 잔돌의 넓은 들아
너는 알지 눈보라가 울부짖는 그 밤들을
아아, 그 옛날 꿈을 안고 희망 안고
한 마디 말도 없이 쓰러져간 푸른 님아
오늘도 천왕봉엔 하염없는 눈이 내린다

정지아 · 「땅의 슬픔은 땅의 것으로, 땅의 그리움은 땅의 것으로」

1965년 전남 구례에서 태어났다. 중앙대학교 문예창작학과 박사과정을 수료했다. 1990년 『빨치산의 딸』을 출간하면서 작품 활동을 시작했고, 1996년 조선일보 신춘문예에 「고욤나무」가 당선되었다. 소설집으로 『행복』, 『봄빛』, 『숲의 대화』 등이 있다. 이효석문학상, 한무숙문학상, 오늘의소설상을 수상했다.

길이 아니면 가지 말라
불일암 사계

초판 1쇄 발행 2017년 5월 12일
초판 9쇄 발행 2024년 3월 15일

법정 글 · 최순희 사진 · 맑고 향기롭게 엮음

펴낸이 정중모   **출판등록** 1980년 5월 19일 (제406-2000-000204호)
펴낸곳 도서출판 열림원   **주소** 경기도 파주시 회동길 152
임프린트 책읽는섬   **전화** 031-955-0700   **팩스** 031-955-0061
                                     홈페이지 www.yolimwon.com   **전자우편** editor@yolimwon.com
                                     페이스북 /yolimwon   **인스타그램** @yolimwon

ⓒ 맑고 향기롭게
ISBN 979-11-88047-06-2 03810

만든 이들 _ 구성 · 기획 홍정근 **편집** 이양훈 **디자인** 이인선